魚本來就是要游泳

林夕

enlighten & fish 亮光文化

林夕我詩 1 -100首 魚本來就是要游泳

序

三棲動物

鳥就是會飛
就是要飛
但鴕鳥也沒尷尬恥辱地
度此一生

嚮往飛
向來是人的習慣
也應該只有人
會有超越習性的想法

假如鳥有宿願
可能只是別讓翅膀受傷

從來沒想過要飛到月亮去

我們則覺得兩腳能擺脫引力
是渴望自由的象徵
大概只有太空人嘗過無所依附的滋味
明白那是另一種束縛
夢想一旦實現
立刻變成要面對的
現實

一個夢想破滅或實現
面對另一個現實
心生另一個念頭
沒關係

這是年齡也不會催促我們
的成長歷程

蜻蜓的眼貓的觸鬚狗的鼻魚的鰓
鳥的翅膀
而我們有
心
在生活以外
敢想像擁有牠們的生存所需

魚就是要游泳
鳥就是要飛
人就是要
用腳走路

而且走著走著
就把不可能的夢想描繪出來

連飛鳥也羨慕我們
即使雙臂始終沒有長出羽毛
依然能畫出沒什麼不可能的
動漫世界

如此夢想之實現
而不必面對現實
人敢游
就是魚
人想飛
就是鳥

目次

魚就是要游泳
鳥就是要飛
人就是要
用腳走路

而且走著走著

就把不可能的夢想描繪出來

1.〇 魚本來就是要游泳

問　活著為什麼
不如問　呼吸該如何
維持著　我

想　世界為什麼要有我
不如想　在規矩之外
之後還可以怎樣好玩的　過

不要問　不必想太多
此刻若是陷入漩渦
唯一只憑本能
手腳模仿蝶泳蛙泳還有什麼

還原墮落水裡的最初

游著游著發現傻傻
的游著游著
在浪花中穿梭
原來喜歡自由式的我
活著就是如此　過

魚　不會問游泳終究為何
人　本來就是要一呼一吸的過
當泅水變成暢泳
忘了問何必有我
也不必回答
這正是為何有我

2.▫ 只是一瞬間的決定

不開心可能是長期的
喜悅可能只有一剎那
難不成就不追求快樂

若快樂只是一時爆發
憂鬱何嘗不是排洪的過程
難道這樣就放棄回復平靜的常態

等待
不一定為了等到什麼什麼
大多時候等著等著
已經等於什麼什麼

這大概就是生命之所以
比低落與興奮
漫長

毀滅性的決定
就出於一瞬
無時無刻不知哪裡不曉得誰
心裡忽然炸起來
每個人的無解
他人更加無從了解

即使有滅火器隨身
剛好撲滅一時情緒避免一場意外
也是一時意外

我們只能
在路上
留意地雷
事先拆解

3. 天堂在人間

對無瑕人間的幻想破滅
天堂才在心裡活現
因為失落與滿足
神蹟似的相近
差一點
就以為活在百分百淨土上
要不是有那點污漬
得彎下身打掃
喘息流汗洗澡
可能就會忘了活著
生活如果沒有必要的勇氣
不必要的牽繫

必要的瑣碎
不必要的疲憊
就不像生　也不夠活
掙脫了國籍種族性別制度世故人情的氣球
一路上升　直到下落不明
就像住在天堂的人

沒有回來過的人
只能在人間　想像天堂
當你對不滿
還會在乎
天堂就在眼前不遠處
當你希望在人間當一個天使
天堂就在你的人間

近乎天堂
幾乎觸碰到圓滿
天堂就在當下

4. 在外面誠實地活著

都沒有表情
一個一個落單了
走在街上的人
不然是要向誰賣笑
賣萌就留給一對一對成雙
不然爭吵也可以

麻木時沒表情是必須的
疲憊時沒表情是必然的
放空時沒表情是必要的
只因為大街沒有留舞台給
獨腳戲

隨性地大笑痛苦
將被抓去看醫生

在外面誠實地活著
尷尬又危險
表情那麼豐富
既然不是開記招

一張臉
不黑不白
漠然背後
誰管得了
洶湧的色彩

5.□ 半邊永遠

氣候丕變
敢問誰懂得放下

永夜之永
要跟永晝之晝
對半分
當絕對的永遠並不存在
當永晝並非永遠那麼白
當永夜暗黑時間也會越來越短
翻手為雲之人
覆手也下不了雨
黑白不分的權力

也未能決定北極熊會否滅絕
還有誰絕對還有什麼永不

當北極再沒有冰
沒有比這前景更值得擔憂
也沒什麼願望
不能重新再許

極地冰融了
試問誰應該悔改
誰得到了久違的溫暖

6. 看見我沉睡了，也在笑

如果你
還能看見
還會說話
可不可以告訴我
睡著的樣子

眉頭
醒著時皺摺
失去知覺後那糾結是否
燙平
甚至嘴角會翹起來
出現近乎笑容的表情

多希望有人能告訴我
打呼嚕嚇跑過誰
還是細細的
跟平常呼吸一樣

這個人
這些年
從來就沒出現過
除非那是我
離魂
浮在天花板
自己的睡容自己看

或者你
在夢中報個訊
有空的話也提醒我
那些醒來就忘掉的夢

可恨啊
夢不夢到一個人
就像睡了有沒有笑
是否有鼻鼾
都不是我們所能控制

7. 時間的形狀

時間都在畫圓圈
攪動早餐那杯牛奶麥皮的聲音
金屬與瓷器碰撞
回家手機放桌上
鈍器遇到平面的悶響
循環地敲起暮鼓晨鐘
一圈圈提醒著日復日
一樣的聲音畫面劃出了年輪
如果
生活得像一棵樹一樣
離不開同一個圈圈

時間是一條筆直的線
前進前進前進進
以年月日時分秒計
直線盡頭是個箭頭
起伏跌宕地丟失了的人
落在水面上稀釋了的事
兩邊以十點以及兩點方向
往後散開
所以光陰的確似箭的形狀

至於速度
時間不會像箭一樣帶你飛越超前
快樂的時候無意義地重複的時候

時間一下子撲面襲人
像風　無形

又如塵
一點一點的
無論怎麼過時間都要過去
一點出現另一點消失
根本不存在線
至於蛇行的尾巴
只長在人自己身上
與時間無關

8. 終身成就

他活得太長
長到同輩都只能活在他過去
長到眼前任何人都是後輩

後輩　後輩
因為老而被敬
沒人再敢對他隨便亂說話
從那年代那樣的制度活過來
終於熬到了沒有前輩的日子

以前以一萬日一萬夜計
沉重地濃縮成單薄的一份

履歷

有血有肉的事無人有感
如今能說的只剩下後輩不在乎的
咳嗽的學問

當煩惱不被身旁人理解
煩惱本身也感受到孤獨
他一輩子衍生了一代代後輩
也只為了驅趕孤獨

好在那該死的孤獨死
他應該可以躲過這可恥的標籤了
死的時候又被人發現死了
就是他一生最大成就

雖然往生
是他一個人的事

9. 你的身體就是葉

大師說我們該學仙人掌
近乎無求
連一葉遮陽也不稀罕
斬斷對於水的慾望

唯一可以守望
無盡荒漠
海市偶爾浮現漁港
蜃樓燈火不忍闌珊

忽然一隻駱駝
崩塌了幻覺

又開始羨慕能夠移動著
當苦工的自由
被迫著懶惰帶來無聊
這就是無求的代價

仙人的掌心
長出尖銳的皺紋
生命線比命運還要長
仙人的掌心
除了承受酷陽
連一粒沙的去處都不難掌握
凡人怎能明白
是沙漠把榕樹逼成仙人掌

抑或是仙人掌無慾只求存
毀滅綠洲存在的必要

唉　仙人
你的身體就是葉
只呼吸多些氧氣不是罪啊

10. ▫ 擁擠的空房子

像一輩子
留在空屋內
也奢望你與我守得過來

從沉悶裡共生
自在誰志在
如幸福已死
誰人在此等待
節哀未變
也要有觀眾在
就互換角色適應
沒有大礙

如情侶已經不再
同情過也應禮待
如能忘記愛非所愛

落寞莫大於心死
人為何會健在
長期習慣人在
覺得愛在
最美好那日
自昨日吧
像昨日來

11. ▫ 都是命懸一線

我要有你有的
要　活你的命

賣我命
買了你的命
我成為你
繼承你仰望天花板時那一刻閃過的悔意
只是

我也想做的你敢做
包裹著的慾望你釋放

微弱的野心你引爆
謹守的道德底線
當成起跑點進行馬拉松
有的我本來也有
藏著縫隙的人格
你一來就分裂

原來你我
命
懸於一線
做我
就是普通人
賣掉自己
就是下墜的

只有鬼才
要你的命

12. ▫ 當你沉睡時

風景高速
倒退
變異
窗口
影像
閃爍
喀嚓

軌道上
預期中
進黑洞
隧道換上車廂固定風光

幽閉空間恐懼者
躺在搖籃裡的節奏
前進勒索著前進前進

當你沉睡時
時間消失意義
視野無限延伸
夢迴可以夢見的
夢到想像得到的
前進推進著前進前進

當你醒來時
弧形的光亮
望眼

將穿
出口近了

人間
如天堂
或地獄

13. ▫ 髒東西

請不要為眼淚崩堤而
目瞪
口呆
我只是一台洗衣機
水分由喉管供應
衣物有你的
油脂皮屑纖維
與她他牠交集時留下的毛髮
從外面世界染上的
細胞病毒粉塵
沒有這些
髒　東　西

清水也洗不白
我只能按你按的按鈕
洗衣粉攪動了
一個一個泡沫
如淚光　閃閃
氣脹　爆破　氣脹　爆破
氣脹　爆破　氣脹　爆破
最後化作排泄物污水渠離去

你不是最愛一身清白嗎

要如常生活出入人間
洗衣粉刺激出來的
眼淚
難免

14. 崩裂

喪失生命也不知多久了
一片葉
枯乾到最堅硬
一刹
就此平躺了

大樹不為所動
鳥兒繼續睡著

那嘣一聲
反倒嚇到了守夜人
無時無刻綳緊的神經

就此崩裂
繼腦死亡後
心跳正式停頓

毫無預兆
違反常理
死物
押後的遺言
嚇死了
一枚活死人

所以說
風高物燥
小心

15.▫ 從這裡到那裡

在醫院出生
在醫院往生
在人們包圍中哭啼
在親友包圍中聽他們哭啼

在學校求分數
在公司求分紅
在夢裡做夢
在現實面對現實

在這個人手上受傷
在那個人身旁痊癒

在這裡慶祝
在這裡哀悼

在這裡從零開始
在這裡一切歸零

在這裡跌倒
在那裡站起
在這裡分離
在那裡懷緬

而
那裡是哪裡
在這裡從未停止過

張望

從這裡到那裡
正是畢生的距離

16. 白夜

別害怕黑暗了
長夜若是漫漫
就試著撫摸　暗
暗的空氣
寂靜就是另一種溫柔
無盡表示還有空間
容許存在

比黑暗更黑暗的
是炸裂的光
明明白白的殘殺
忽然照亮

劊子手的
指紋

讓黑只有黑
白歸於白
如果天陰令人鬱悶
白夜
就是反人類的
罪證

17.▫ 外出恐懼症

我知道我知道別說我不知道

門

就是矮一點的牆

開

只比鑽洞輕鬆點

廳

房

廚

廁

重重關卡一動一心跳

在臥室醒來
倒不如繼續
在臥室睡去

我了解我了解別說我不了解
比生命還大
的大門
走到電梯的路恍如隔世
一旦下樓一步一生
外出再歸來就是死了又要重生
分不出活得太累抑或死得太多
外面
有路有車還有

人

珍惜生命遠離眼神

我明白我明白別說我不明白
明明是
捨不得孤獨為王淪為人海一粟
明明只是
習慣了自囚多福
明明只是
懶於與空氣打交道

要開的不是門
是內藏過期蛋白質的保鮮袋
要拆的不是牆

是自己這副本來會動的
木乃伊

別以為我沒有曾經這樣過

18.▫ 春暖花開　緩緩歸來

水火剋殺木金
無土可逃
如此這般
不是在冰山融化中水漫金山
就是在焚風裡火燒眉眼
被淹沒的真相不真　不假的
是第七封印
把四季簡化為兩極
對立
東山發燒西山融
人間再沒春秋
什麼歷史只剩下最後一段經歷

沒有明天的世界
即無所謂過去
文明全面崩壞前
卑微的人越來越卑微
終極安慰是
許一個卑微的願
等春暖花開
在爛熟陌上
看某人緩緩歸來

19.▫ 冥冥

命

當然不會　認
不認識任何人叫　冥冥
如果一切遊戲都有規則
規則要由自己訂定
隨心地　在原地轉了一個圓圈
刻意地　再走了一條直線
天不語　地無聲
走出歪歪的路徑
我選擇　我畸形
就是要測試

命

刻意地　從直線走成一個圓圈
隨心地　跑的比直更筆直
歪歪的我又還原成本來的我
我設計了自己的路
我的路卻被自己設計了
原來我為自己取名叫

冥

冥

20. 倉鼠的動線

你以為跑得吃力
明明已經喘氣了
卻只有腳下在轉圈圈

也不算徒然
如果你目的是走動
不在乎前進

在這個摩天輪上
夠幸福了
給你暴走
不給你空間

你自感可笑
卻貢獻了可愛

就當一生
活在人類的跑步機上吧

21.▫ 不能只有我知道

不能只有我知道
在一起只是在　一　起
一加一不等於一這常識

不能只有我知道
這本暢銷書其實看不下去
不能只有我知道
這爆紅劇到最後爛尾
不能只有我知道
我們最後的結局

不能只有我知道

我認知的局限
不能只有我知道
你假裝不知道

不能只有你知道
我所知道的
不能只有我知道
了解之後
就是了解　解決
一切坦白都洗白過

不能只有我知道
你
從來沒相信過我

22. ▫ I'm fine, thx

雖然只是一句安慰話
會好的
你說了又說
彷彿現在比感受中更不好

雖然只是一句應酬話
最近可好
每次問了又問
弄得我開始深造好的定義

雖然只是一句漂亮話
一定會更好

鬱悶的我啊
忽然誤會自己只是不夠好
而已

好啊好
在命定天降巨石那日起
被壓著半邊身的我
好是必須的
責任
而不是應該的
狀況

雖然只是一句貼心話
你好嗎

我不算好的話
你又好不起來了

好了
命運共同體
現在以後就回答你
能一覺睡到天亮
就好了

23. ▫ 隨時再見

拍過太多照片
日後只怕來不及一一點閱

你靠眼睛回憶
而我相信閉目也可以看見的
一個是視覺神經回傳給腦袋的訊息
一個是訊息
重建出視覺

你看見了相簿
才看見了我
而我在街頭在水流

在電影在陰影
在一本書在一棵樹
看見了人
所以也看見了你
所以別再說
什麼掛念不掛念

你有那麼多照片
我有隨時隨地檢視的全世界
我們就
隨時
再見吧

24.▫ 回頭五部

不必回首
面對過去的不堪
因為它就是你現在的樣子
一直沒離開過

回首
向來難過處
當然
也無風雨也無晴
因為眼裡只有
當前腳下
會走到的明天

回頭
無路
有人驚悔恨交集
有人無所謂地
在原地待到再轉身迴轉也
無路

有人一直在走回頭路
樂於重複以前
退步
在他們看來
就是進步

若一回頭就變成鹽柱
才明白無所謂酸甜苦辣
一生濃縮成鹹
都是一條鹹魚而已

25. 回頭客

打從年輕時就已經是個老人
十幾歲便想回看三歲時的感受
而不是大人告訴自己發生過的事
初生一切

幸好像蠟造的洋蔥
不曾有過氣味
好證明年輕雖然懵懂而不失敏感
歷歷在眼耳口鼻舌身意
細節卻已無關大節

如果青春不是一場徒然的夢
那麼該像夢裡許多無臉人

只留下一幅情緒五感圖
因為今過去演變成今天的路已經不太重要了
能從頭回去就不用回頭
那個我成了客人
現在不歸我主宰
好在客路回頭
能看到一隻蝴蝶
標本
不能飛
但美麗如昔

26.▫ 殘缺　能不能

吃苦若是難免
能　不能吐出來化驗
嘗試培養一種疫苗
讓別人少吃一點你吃過的

傷口若是無法結疤
能　不能把血色當做警號
往後動作會更小心輕盈

陰影若是長存
能　不能像貓　瞳孔放大
一抹微光都足以夜行

不至於在所謂光明正大中迷失

感情若沒有一百分
能　不能在不及格時及時轉校
在八十分時補考
這重新測驗
二十分就是滿分了

成長中若被無愛的光棍棒打慣了
能　不能因此更珍惜愛的珍稀
成為大人後用愛去復仇
記住痛而不記恨

能　不能
不為有所缺失而變無能
能　不能
不嫉妒也不羨慕他人的完好
你亢奮地戮力填補缺憾
他們坐著提心吊膽怕十全變九美
崩了一角的茶杯不值錢可以繼續喝茶
無瑕的水晶碗太昂貴只敢用來擺設

能接受殘缺的生命
心　就圓滿了
脹滿的氣球只能
一直升空等待爆破
半滿的胃

能不能只吃到七分飽

能　不能？

別害怕黑暗了

長夜若是漫漫

就試著撫摸　暗

　　暗的空氣

寂靜就是另一種溫柔

無盡表示還有空間

容許存在

27.◦ 難以失去想丟掉的

沒有你活不下去
有了你又不知道該如何活
這不是愛情與麵包的問題

對一個人之能與不能
都是習慣　是惰性
沒有離不開的道理
只是沒有改變的勇氣

改變一個順其自然
個性都沒變過何來動力要轉身
丟掉一個包袱與緊抱一塊石頭
所需氣力相同

畢竟棄屍比殺人難
當然這只是聳人的比喻
你我還是好好活著

而活著不單單有呼吸有溫度
還有說話難度
有不說話的難堪
如此在一頓又一頓飯之間掙扎
不知不覺覺得反正時日無多
還是算了吧

是啊
失去了一切
婚姻還是永在

28.▫ 哪怕只是

即使所有人都被迫成為臨演
即使所有嘴巴只能背誦
寫好的台詞
把其中一個字出其不意吼出來
打破本來預期整齊的節奏
就足以成為一分鐘的主角
領那個盒飯也足以吃得
安樂一些些

就足以維持過去美好的秩序
哪怕只是在一樣之中
稍微不一樣

就足以成全趕著回家的人

安全一些些

挺身而出？

可能不必可能不大可能

當人之只是人

哪怕只是一個理解的笑容

曖昧地

對受苦甚至是讓人受苦的人

就令自己更像一個人

29.▫　時間，就這樣了

刷完強化腿部的短片
換來延遲十個月的肌肉流失
也少走了十分鐘的路

再刷完十分鐘了解宇宙大爆炸的短片
迎來生又何歡的一分鐘頓悟

又再刷完氣候失常的短片
失去十分鐘
得到死有何懼的心態

本來該停又停不來

時間就這樣給演算法
推演出一個全身滿佈知識點的人
餵飽了零碎雜食
靈魂加倍飢渴

時間就這樣越來越少
價值越來越大
停不下來的是刷短片
以及衰老

時間就這樣越來越珍貴
不是在無知中燃燒
就是在好奇中丟掉

30.▫ 比想像中容易

從少數變大多數
照照鏡子就可以了

從多數人變少數
擦擦鏡子就可以了

從孤僻到合群
打字就行

從個體到團體
簽個名就是了

他人的天堂變自己地獄
嫉妒就是

他人的災難變自己的地獄
嘲笑就是

私事變身邊人的事
說出來就是

眾人之事變私事
那是每天在進行中的事

31. 一燈破暗

眼閉之後
終於看得更清楚
眉毛罅隙一點餘光比太陽刺目
所以，夕陽無限糟
只怕近黃昏
倒不如伸手不見五官
當我們一摩擦
最暗的火花
就消滅了黑暗

32. ▫ 負負得正

抱歉我暫時找不到理由
給你什麼正能量
只能自揭一個復原中的瘡疤
讓你看看可以循環不息的
血淋淋

天那麼黑
我沒本錢放一場煙花
讓你欣賞必然散落的繁華
我只是花落後影響視線
那微粒

你吸入了會咳出來

你會驚覺天空如此骯髒
念在我污染過你看不見的污穢
把我視為負面的正念
就給我一個讚吧

33.▫ 明珠

要有勇氣去饒恕
欺負我們的懦夫
雖然善良總會被利用

也不知
誰才更勇敢
誰才要自愧不如
從不羨慕傻傻的幸福
體無完膚和傷痕共處
依然沒放棄該走的旅途

我們生來

何曾是被捧在掌上的明珠
那耀眼的幸福
有風沙打磨過的痛楚
人海中每一步每一滴
熬出的淚珠是上天讓我們
有資格銘心刻骨的禮物

34. ▫ 好不好

很緊張很緊張
但還能有事情緊張
比麻木好

很焦慮很焦慮
但還有條件覺得焦慮
比淡然無味的淡定好

很抑鬱很抑鬱
但有緣有故的抑鬱
比莫名其妙的憂鬱好

好在於情緒曲線上
狹路相逢
知道如何墜落

總比一條直線
徒然直達終點好

35. 別冤枉了壓力

壓力本來只是
信號彈
溫提並且提高戰力
把它想成盾牌
沉重得壓垮
你的神經線
那它壓不壓你
未知的重量
也一直在壓著

壓力是選手起跑前
壓低你的身軀

提升出發時的爆炸力

問題從來不在於壓力
是問題本身
逃避了壓力
就要直面問題
處理掉壓力
不等於解決了問題

說什麼離開一下壓力呢
要遠離的是環境
如果還是要回到相同的處境
潛水越深

水壓不是越大
會把人炸碎嗎

所有恐懼壓力的人啊
傻傻分不清加害者
你也是一枚共犯
嫌自己壓力不夠大啊

36. ▫ 拈花微泣

要是微笑總被視為不懷好意
就讓眼眶永遠猩紅
拈花時微微哭泣

要是拈花不被允許
那就惹草
為公園滅絕害蟲

即使委屈仍然招來刻意的誤解
求存不遂
就該知道問題
不在花花草草

無關乎哭笑

是你本身
如果你笑
一定是嘲笑恥笑
不管微微抑或狂放
如果你哭
哭的一定是喪
用淚水潑髒莊嚴的靈堂

既然如此
更需要站起來辯白
你是感懷身世
至於此身此世何以至此

說一句無怨無悔
就可以光明正大拈花微泣了

迷惘是不知道往哪裡去
別走開
先歇著想好目的地吧

37. ▫ 癡人說夢

有人說
夢說出來就不靈
於是噤聲
假如夢如氫氣球
飛到不可攀的高度
任由夢想在沉默中死去
就沒有人看見
那無視現實的固執
不容實現的想法
未能撫摸的亮光
如天上北斗
讓迷路人有個方向

讓今天的人知道
明天不應該是這樣的

38. 三宅一生

最初有知時
大到放得下全世界
人長大了
房子開始縮小
二人沙發原來只容得下兩人
以至於聽到過空洞的訓話
成為空氣中一口空氣

除非　　但是
總要選一個喜歡的
總要愛一個要愛的
於是總要有個屬於自己的

房子
單人沙發被兩個人弄出
擁擠的溫熱
少了訓話的空氣
聊天更放肆
自發的吵架
節奏也更緊湊
無所謂輸贏

人在不動產
也不大想動了
迫不得已的設計
身不由己的安排
或是方便貓跳上岩壁的窩

或是小孩哭啼時能關得牢牢的門
而訓話重生
在空氣中包裹著電玩聲

39. 又不是在旅遊

你沒有失落
那些東西本來就沒有過
如果求之而可不得
也沒沒好失去的
如果沒想過
得了又有什麼好樂

失落是
丟掉了包包
而忘了裡面有什麼
不知道丟了又會這樣
在哪裡怎麼樣丟

你沒有迷失
只是遠方起霧
而剛巧那是你要去的地方

迷惘是不知道往哪裡去
別走開
先歇著想好目的地吧

又不是在旅行
別忙著急著尋找景點打卡
日子放在前面還長的很

40. ▫ 對不起2.0

對不起我愛你
這不夠用力
對不起
我是真的真的愛你
這不夠誠意
對對對　對的總是你
你要的是認錯的誠意
而不是誠懇的心意

我也知道你知道我知道
這種道歉出於面子
你說了一輩子對不起

不曾如此威武過
但是對不起
在一起必須
不斷對不起
斷不是和好的武器

對對對　對的總是你
對不起2.0時代
仿真心不足以應付
只能從習慣虛偽
變成虛偽維生

但這是我的人生
必須對不起你

最後最對不起的
只有我自己
你既不會對我餘生負責
何況我
其實也不知你是誰

41. ▫ 如今的異類

我坐在這裡
呼吸著不能
不一樣的空氣
細胞開始缺氧

說不如太奢侈
不能去旅行毋寧死
把一座城市
坐成囚牢也不是
容易的

以旅人的身分

在異地遊行
那看那曾經熟悉的風情
就成了異類
人擠人的街道
其實都是老相好
需要假裝變得很陌生
生命才會像標本活起來

我坐在這裡
太久
不行
身體需要力行
於是細胞告訴我
要走出去

重遊所有舊地
可惜
只是
旅人
那些熟悉的再不屬於我
就像舊日的我們已經成了異類

42.▫ 孤魂

愛上一個人的孤單
就不怕
一二三四五個人
之間的孤獨
大風吹樹搖葉落
因為生命還沒凋零
唯一沒跟風的一葉
何妨俯瞰
他們堆疊成螞蟻的窩
亂作一團的熱鬧
自己看不到自己

才最孤獨

空洞的軀殼
整天咚咚咚咚的
回音在拷問
靈魂不知道給了誰

忽然又有一陣風
捲走了自己
成了孤魂
跟野鬼
搶吃

43. ▫ 我只是一條蚯蚓

沒錯
沒錯我
卑微如蚯蚓
蟄伏著
啃舐腐爛維生
消化不了的砂石
就排泄出來還給世界

人鬼獸在地面徒然
橫行
我自過我活
凡所過處
自成沃土

長出一朵朵花
一朵朵被摘取
腳印卻沒能壓扁
我身軀的弧線

只要每天活著
每日都在貢獻

沒錯
沒錯我們
卑微如蚯蚓
誰想滅絕我們
誰就自尋死路
再也威武不起

44. 夏花秋葉剛剛好

剛剛好
你可能不會
有一百個夏天
在你活成一株
塑膠樹之前
剛剛好
你一定不會
有兩百個秋天

不嫌少
只怕遲
在太陽還能照常升起時

剛剛好
花開了
在樹蔭沒有蔽日之前
在學會懷念之初
剛剛好
葉落了
剛剛好
否則

無止盡增生
你又如何
撐得住
生存的
重量

45. ◦ 噢！個性。

個人超越個體
性格特立獨行
就有個性

人要有個性
但做人不能太有個性

又不是藝人
需要人設
何必設定那設計不來的個性

只是不甘於平庸

演大了
把任性當個性
最後演出了人性

也只有庸人耍性格
以自私為自我
還放題賤賣
終於破產清零

每個人都有性
個性人人不同
在分類中並沒有少數比多數高分數這回事

面對不同人扮演不同角色

否則難以相處

個性轉換有如不斷轉台轉到睡著

試問如何自處

當你評論他人的個性

你說每句話的語氣就是你的個性

你所用的每個字眼就是你的性格

世界吹捧性格小生

不斷換人

而人性

讓個性模糊的人

長存不息

當我這樣說的時候

我的個性的稜角又尖銳了一點點

46.▫ 只是，意想不到的脆弱

如果只是要折磨
只是要你投降

如果你愛吃蛋糕
只給你每天吃麵包
或者一輩子只能吃蛋糕

看你那麼愛講話
只准你每天說一句話
或者要一直在說話

萬一你習慣散步
只給你每天移動一步
或者一直在走路

喜歡唱歌嗎
只給你唱一首歌的一個字
或者一輩子只唱同一首歌

只不過沒得選擇而已
沒有要你的命
只是
如此活著
生有何歡

在要與不要之間
只是
如此脆弱

47. 苟合

合久必分分久必合
總忙著歌頌合的得體
忘了
合的委曲
分的精彩
不是在結合的縫隙中苟活
就在分野中自生自滅
天下與人情
合久必分
分久何必合

48. ▫ 默示錄

將有胭脂紅雨掩埋人間白事
白費的紅事將鮮豔如血

我實實在在告訴你們
沒有理由的理由
也是個理由

解釋得很抽象
就是最具體的解釋
細節越少
默示沉默的大部分都是事實

不講道理
就是唯一用得上的道理

我老老實實跟你們說
因為我沒有說過不能做的
不代表能做
於是

不能做人
人就直接變回胚胎
因為我沒應諾
做牛做馬的貓貓狗狗可以加入狼群

49. 天坑

誰讓你入坑了
成為粉
都為一個人而狂
卻不能互相禮讓
進而愛上

誰叫你入坑了
不要埋怨水泥不夠堅固
怪就怪你的腳步
不能感受到地質不適合走路

誰要你入坑了
一直盲目向前跑
地面為你而凹
地表不得不成全你的驕傲

誰請你入坑了
路過就路過
見到不平本來沒什麼可說
把自己也陷入就別想逃

天
坑了
所有人之後
汗青化為瀝青

車水馬龍
如故

50.▫ 那些重要而多餘的事

正如不會記得起那些夜晚
吃了幾克肉
丟掉了什麼垃圾
洗澡了幾分鐘
比所需多出來
餘下的就是我們忘不了的
回憶或是
陰影

所謂影響心理成長
所謂走不出來
所謂從此改寫一生

的事情
也還沒有寫到此生如何結局

只有自己覺得重要的時光
月光只不過沉悶地重複地
轉動又再度還原
別人聽來
也編不出一頁紙的劇本

只有自己覺得重要
只有自己覺得重要
只有自己覺得重要
重要的事情講三次
就真的重要了好了

也不自知
被掐住了咽喉
到頭來
對自己不曾重視過的一陣風一段新聞
只是

51.▫ 夢破

以為起碼
剛離開時最難忘
很快就會來夢裡探望

以為至少
有很多沒說過的話
夢裡不會怕肉麻

以為即使
不能夠彌補
也可以教訓埋怨問一下好

多久了還是沒來
難不成是睡太好
醒來不覺得夢裡斷續短暫地逗留

以為等不到你
忽然就來呀來呀來呀
就在小時候那個家
重複著那樣活著的一剎那

難怪叫夢鄉
只是回去一切只會缺少不會有更多
只是重演一次又一次對錯
腦袋裡修補諒解的記憶
本來就沒有過

所以我懷疑你也沒來過
是你知道我以前睡眠永遠不足
來探望時怕會把我的夢踏破

52. 魚非魚

來就是回。往即是返。
左右。逢源。
習慣了圍圈而游。的魚。
會覺得。
朝目的地。逆流。是。一種病。
習慣了。為覓食。才上升的。
會覺得。暢遊。是一種。淪落。
魚非魚。焉知。魚之苦。樂。

53. ▫ 逃避唯一之可恥

殘忍的新聞只能一直躺著看
本來沒那麼想

就
怕回到屬於自己的現實
只剩下無補於事的仁慈
沒想到還能變得更懂事

爛透的甜膩戲碼一直躺著追
本來沒那麼想

就
捨不得回到經典電視劇
的結尾有太多的意義

留到有需要時才去學習
沒想到還誤會自己是
偶像劇的主角
其他都是那男二女二
主動影響了他人的命運

噩夢像電玩刺激到欲罷不能
本來沒那麼想
就
耐不住醒過來每天的
平淡夾雜著危機
而且沒武器沒外掛
沒想到在夢魘裡還能
裝著那是真的

就
更容易

逃避有用沒用沒人懂
可恥的只是
沒能逃到防空洞

54. 問我

我　是不同折射率的鏡子反射的　我
我　是不同光度色溫映照出來的　我
我　是不同鏡頭的照相機攝下的　我
我　是不同紙質開度印刷出來的　我
我　是不同手機屏幕修飾出來的　我
我　是不同關係的人看在眼內的　我
我　是不同交情的人放在心裡的　我
我　是不同角色自有不同演出的　我
我不可以用自己的眼看自己的臉
我又不可以挖自己的心出來解剖
我竟然從未看見過　我
我只能一直透過外面的世界看　我

所以
關於我
別問我
我不一定是
我

55. 甲骨文

我們進化到以甲骨文溝通
用淵源深遠的符號
摒棄邏輯每個字
像有個表情認為是笑就只是笑
友善還是嘲諷
有些密碼
經不起解讀
人生
其實不必如此複雜
簡淨如鳥語
花香隨來

56. 燈塔

目的是要看見。燈塔。而已。
沒有人以燈塔。當目的地。
只是看到光在那裡。要到哪裡。反而不再重要。
就像有了。沒人去過的天堂。
人間就不再像地獄。

57. ▫ 考場

只是一場考試
在得出成績之前
就把青春燃燒成灰燼
那場烈火
是讓人過早看透的回憶

就只是一場考試
考的是記性
從人性看來
那只是考驗韌性或任性
而懶惰的人有福了
被碾壓過的年輕碎片

撿起來的拼圖
還有可取的畫面

真的只是一場考試
因此判定三六九品
就此分出不同前路
低分高能獨立思考過後
堅決不信
因為
考試決定人生之前
人生早決定了
考試

考試真的不只這一場

學過的不一定用得上
真正派用場的只能自學
用愛情考驗執著
用工作考驗信念
用態度考驗勇氣
等等
待續

那些沒資格參與的人
都還活著
身體比較乾瘦
靈魂特別自由

58. ▫ 帶貨

你以為在傳福音

一切都是最好的安排
只要信沒資格問
不接受那肉身不腐的天堂
就墮落到地獄去靈魂拷問吧

你以為在授課

好學生要乖
乖的背誦唯一的教科書
不讀死書

就只有死路一條

你以為在教小孩

不聽話的
都是逆子
在這大家庭
沒有個人意見

你只是一直直播
只會帶貨

好貨好貨好貨
好過過去任何時候

不買帳損失的就是我們
的生活品質

你直播
要付你表演費
你帶貨
出賣自己
我們買不買
也要付出我們以及
下一代

烏雲願意白就白
彩虹能夠在就在
天地何悠悠
別讓表情發呆

59. ▫ 只有黑夜

山的另一邊是高山
高山另一邊是小山
直到高度不能算是山
人稱之為平地

行人路上轉角是行人
隔壁的隔壁還是人
直到群山之巔住的是另一種人

只有黑夜
黑夜的遠處還是黑夜
有人睡著有人失眠

比遠處更遠

才一定有人在　曬　太　陽

60. ▫ 既然來了

烏雲願意白就白
彩虹能夠在就在
天地何悠悠
別讓表情發呆
一朵鮮花偶然盛開
一株小草徒然搖擺
無所謂好壞
只是心情有必要存在
無聊尋找依賴
生命需要一點掛礙
就好像歌曲需要節拍
痛痛快

失失敗
無青紅皂白
開開懷
假裝出乎意料之外
既然來　就來一來
順其自然　愛一愛
日子　沉悶悶
離開前　待一待
一朵雲彩　偶然存在
一朵浪花　徒然澎湃
無　受想行識
只是活著就必然有所期待
就好像空房子需要點塵埃

61.▫ 在望

希望
就是
雪片從天而降
如一塊塊積木
本來圍觀的人
覺得可以砌成一間大宅
人傳染人
遠處袖手的也一起動手
直到　雪花成冰
竟然真的立起來
成為可以住的樣子
失望

就是
太陽出來了
房子塌下來
沒人驚呼
沒人受傷
原來每個人頭上早戴好了頭盔
絕望之為虛妄正與希望相同

62. ▫ 像植物一樣活著

終身
被土地禁錮
暴露在陽光下的招展
就是唯一可以遷移的假象

當然還有根
會伸延
互相掠奪養分
也正因為
根深蒂固
主動亦被動
失去飄移的自由

不妨礙空間秩序之
花開花落
被歌頌

反而來去自如的浪蝶
落得不羈之名

63.▫ 現實

有人怕在浴室有全身鏡
凡走過必留下
羞於見人的身形
那個連自己都會嫌棄的
大　肚　子
平日穿得鬆垮垮的
永不赤裸自照
沒人知曉就不存在

其實無須面對現實
若不攬起風月寶鑑那面鏡子
正面容貌如何姣好

背面同樣是骷髏
瘦削剩骨

現實非常寬容
浴室比心胸狹窄
現實也很殘忍
浴室竟然有全身鏡子

如此煩惱多麼奢侈

64.▫ 忘戲

隨手點播了一齣電影
看到了結局
救　命
主角的死法似曾相識
才猛然醒覺
已是第二度觀看

那兩小時是否浪費了
不是問題
人生許多劇情
也一樣
重複來重複去

也不只眾裡活它幾千度
舊戲與新篇
差別只是
有沒有記得起看過沒有
重點在於

始終在意的是結局
說什麼過程最重要
都是廢話

65.▫ 歲月不是神偷

再見
呻吟
再見呼吸
再見
一切
生命
不是
在喧囂中
睡死
就是
在沉默中
醒覺

歲月
只是騙子
重整
變型的過去
奉上聖壇
習慣
才是神偷
無知無覺中
隨手
把完好
的每刻
貶值
挪掉
直到

一無所有
又
赤條條地
為
逝去的公祭
毫不羞恥

66. 根。翼

沒有根
泥土不過是塵垢
飄來飄去的自由
叫飄泊
沒有花瓣　如翼
寸步尺土難移

感情累積的歸屬　叫束縛
沒有根　長不出能飛的翼
觸手可及的　盡成負累

只是有了翼

不斷後退的風景
都是留不住的美好
離不開
地心引力
同時要
高飛

67. ▫ 未來進行式

看透了未來。
現在變得無趣。

規劃了未來。
怎麼在乎現在。

想像著未來。
尚好的現在。
怎麼好成全未知的未來。
糟蹋已知現在。

投資未來。透支現在。

未來未來。已沒現在。

原來不是現在影響未來。

是未來改變現在。

68. 門窗

一道門關了
上天若沒有給你另開一扇窗
你為什麼不自己打開
什麼叫窗
牆壁洞穿處就是窗
你為什麼不動手鑿牆

一道門開了
你未必會立即走出去
一道門關了
你為什麼才想開窗
窗開了

你是想呼吸
還是想把窗當門

一座房子
有門也有窗
你到底是想留在裡面
還是想走出去

一道門關上了
為什麼會覺得
這房子像個監獄
要逃離
才
有希望

69. 反作用

你謀殺時間
時間反誤殺了你

你打發寂寞
寂寞反把你發配邊疆

你籠絡關係
關係反把你俘虜

你把感情浪擲
感情反把你變垃圾

唯一無害的是
把青春燃燒
你不在青春中自焚
青春也會
風化
枯乾
如蝴蝶不曾飛過
就成標本

70. 一生總和

一個人
是他一生行為的總和

撫摸過的肌膚
丈量愛慾的面積
起過的誓
數算執著的次數
沒敢講的說話
記錄了謙讓與怯懦

若在他人口中
沒幾句懷念的讚詞

一個人
一生總和就是
吃過了多少食物
丟過了多少垃圾
剩下肥料與骨灰
把地球一些資源
兌換一兩滴告別式時的淚花

71. ▫ 絕不是想念

我沒有在想你
在醒著忙著睡著活著的空隙
我沒空想你
有空的時候
我會用一切填滿到撐不下
除了你

偶遇與你有關的
我堅持與我無關
那絕不是另一種想念
我沒有在想你
因為我不想想你

因為一想到你我就不想

即使有人傳話
我不想聽　不想知
只想記住

那絕不是想念
是好奇
一個我不想念的人
有沒有想我
想不想我想念

而你本人
我始終沒有在想

一日一生一生一日

你昨天倒數了沒？

你明天再生了沒？

你今天末日了沒？

72. ▫ 你今天末日了沒？

你今天吃了想吃的沒？
你今天做了想做的沒？
你今天見的人想見不？
你今天講的話有謂不？
你今天來得及來不及？
你今天值……不值得？
今日沒了今日末了
一日一生一生一日
日子不是自殺就是被謀殺誤殺日子集體被處死的那刻不是今天就是明年後年多少年後
直至你了無知覺也與你無關也有關
這是株連無限族的大限
問題是

你今天吃了想吃的沒？
你今天做了想做的沒？
你今天見的人想見不？
你今天講的話有意思不？
你今天值不值得？
你今天來得及來不及？
一日一生一生一日
你昨天倒數了沒？
你明天再生了沒？
你今天末日了沒？

73.▫ 今生來世

如果可以活兩次
可惜不能肯定有兩次
可是總想著有第二次
第一次幼稚　第二次成熟
第一次易哭　第二次麻木
或者
第一次不識愁滋味
第二次老大徒傷悲
第一次固執
第二次隨便
或者
第一次任性

第二次拘謹
第一次付首期
第二次還貸款
第一次後悔
第二次彌補
第一次不知足
第二次不滿足
第一次只能跑
第二次想會飛
第一次做了
第二次再做
第一次嘗試
第二次重複

如果可以活兩次
可惜不能肯定有兩次
可是總不甘心只有一次

74. 爆破點

每個差不多的笑容
都沒經過彩排
只為規劃多年的願望
一下子實現

只有滾燙的淚珠
每一滴都是新鮮的
為著差不多的悲傷
重複抄襲謄寫到臉上
所謂活在當下

就是過去總和的　爆　破　點

75.▫ 樹人

房子旁邊也是房子
房子可以賣掉
家買不回來
買了別人的房子
就成了自己的家
自家的隔壁是別人的家
自家加上成千上萬別人的家
又等於自己的家
一般叫家園

人的前後左右也是人
人為了家園會奉愛之名衝突或和諧

人的家園外圍有山
山的遠處還是山
樹的前後左右也是樹
樹與樹之間沒有買與賣

落地生根之後
也談不上搬家
只有人會有愛恨的感受
有買賣飄流的自由
同時有落葉歸根的想法

年輕時仿效花粉
老來羨慕樹

76. ▫ 老房子

一扇扇窗徒然打開
一個個人偶然存在

住過的房子需要點斑剝的殘缺
顯得這裡曾有過故事
腦袋發呆
表情精彩
掩蓋生活的蒼白
就像生命需要點掛礙
無常渴望意外
這是誰住過的房子

一道道門
偶然打開
一個個人
徒然存在

77. 丟

有些人丟掉了很多東西
最後撿回了自己

有些人抓住了許多
只剩下　肚滿腸肥

因為丟了
已經沒靈魂這回事

什麼天堂地獄
跟他們說不著

78.▫ 春蠶到死

意志力如鋼索
在毫無先兆之下
金屬表示疲勞了就散架了
轟的一聲就沒有然後
夢想如橡皮條
拉得多了就鬆垮了斷了
軟軟的最後一個反彈
指頭也只一陣痛

只有慾望
不會崩裂
如蠶絲

不到死期一直在吐
捆綁自己也勒索別人
身後還化為黴菌
繼續遺禍千年

79. 過期

只不過
過了最佳服用日期
你重視身體健康
不是最佳
寧可棄掉

緊盯著日期
趕盡殺絕
卻從沒留意
你過期的靈魂
用過時的腦袋
裝滿過氣的想法

挑剔尚好的嫩芽
是不是最佳

竟不知
長滿了黴菌的嘴巴
一直吃著過期的春藥

80. ▫ 一步之遙

餓壞了的人會問
這裡有沒有魚

吃飽了的人會想
這裡有沒有人裸泳

永遠吃不飽的人會說
把這裡全給我填了

永遠怕吃不飽的人會說
這裡有沒有石油

吃飽了沒事做的人會說
這裡是個很好的軍港

有太多人的話
這裡是個沙灘
沒有人的話
這裡就是一個人的天堂

只有魚會問
水色過濾了多少星光

81. 距離

人與人最遠的距離。
是擠在熟悉的環境裡。
見盡陌生的舉動。

人與人最近的距離。
是走過複製的人山人海，
天下之大無非一步之遙。

82. 子非魚

本來並沒有那麼擁擠
向來向上游動並非指定動作
浮起來那一瞬
不過為了自在地沉

餵飼的人
你們想看見的
難道就是牠們想要的幸福

83. ▫ 實相

真實最朝三暮四了
刻薄的日光下
老房子的皺紋如血管硬化
自以為執著原則的你

不如學習
夜色寬容
放過牆壁上一直存在的裂痕

反正你也不是活在　光裡做人
糾纏的淋巴腺與你光滑肌膚何干

這不是自欺欺人
真相由光線定義
正如黑白青紅黃藍綠
由眼球神經決定

你開著一盞柔和的燈
只照見一泡茶升起的光暈

殘缺　就是　圓滿
實相　就是　識相

84.◦ 應無所住而生其心

雖說
心胸要廣
方便心事出入自如

行李打開來
擺放得從容自在
雜物就不再是雜物

旅客住下來
開始添置心頭好
由長租變成屋主
可是

當心狹窄如劏房
裝飾品成為煩惱
再沒什麼有條件閒置
連自身也是收納對象
更留不住客人

本來得幾物
何處惹塵埃
一吸就乾淨了

85. ▫ 蟹貨

第一個吃螃蟹的人
不是膽大就是好奇
不是勇於冒險就是
窮極無聊

最後一個吃螃蟹的人
不是視死如歸就是
饑不擇食
不是有膽
就是無知

第一個是懂得吃

最後一個是只懂得吃

夏花秋葉

青蔥永遠挺立在腐朽之上
夏花與秋葉差點就能並存
只有人才會活著也如死去
並不見得有如秋葉之靜美

沒有屍臭卻已污染了地球
倒是腐化的殘荷終將輪迴
眼前衰敗是重生必然景象
不必道別因為從沒有離開

青蔥永遠挺立在腐朽之上

86.▫熱血是一種病

熱血　如果可以涼一點
不及一尾神仙魚逍遙
至少不會長期發燒
懷疑世界有病抑或自己得絕症
超過華氏98.6度
請看醫生服藥
滿腔滿腔的迸出來
只誘發旁人冷汗
千萬年太久
這年頭晾不乾
天氣陰濕濕得夠了
何況　冷血動物

終究給人類吃掉
冰河時期再來
一樣　同歸於盡

87.▫　身為孤島

地震來時
所有孤島　都是受害者
所以沒有一個人是孤島
只有孤島像一個人

海風和煦啊
只能隔岸若比鄰
淪陷啊　沉沒啊
只有天涯共此時

身為孤島
禍福不能移

誰也不能改變誰
共同擁抱浪
也被海包圍

88. 安穩人生

如果我的口
只用來
吃
以及　嘔吐

如果我的手
只用來
按鍵
如果
腳
只用來
放桶裡浸泡

如果
眼
只看著　鏡
如果
腦袋只等候
痲痹　安睡

如果心
如果沒有心
我此生
就得安穩

89. 明暗光影裡

不久
就耐不住電影院裡的天地
銀幕之外的漆黑如框架
亮起來比太陽更亮
黑又特別地黑
明暗彷彿出於錯覺

他要回到真實世界
走出重重布幔
發現天
光明正大下著黑雨
他便逃竄回戲院的光線裡

濕濕的坐著

90. 不要開燈

夜　太黑
不要開燈
人鬼莫辨
就不會
恐懼

天　太黑
走來
磕磕碰碰
不要
有燈
就不覺

危險
就以為
還有
路
就會走出路來。

91. □ 都是垃圾

颱風順著人類習性
為城市大掃除
經過東京
只吹落了漫天
延遲了變紅的楓葉
以及早夭的綠葉
回去來時的地方
沒有塑膠袋寶特瓶與煙蒂
以及一切

強風突擊檢查城市公德
也為垃圾重新定義

都有人類用過的印記

所謂垃圾只是
對某人曾經不可缺之物
不一定骯髒
不必然無用
跟楓葉不一樣的
是塑膠袋土地吃不起

無主孤魂
只能留給子孫吃
無論乾不乾淨
都是垃圾

92.▫ 小確幸

只要給我小小一抹塵埃
就足夠讓我生存
只要給我小小包容
就能從牆角鑽洞
只要放縱我小小邪惡
培養小小慾望
再摘我
小小一片灰雲
就能混淆黑白
再給我
小小權力
小小破例

就能大有作為
我要的不多
這小小幸福
就讓我莫大滿足

93. ▫ 成功人物

你因為別人的卑鄙
成就了光榮的失敗
有人成功了卻笑不出來
只有你因為失敗而成功落淚
你寧可被嘲笑之後
哭得理直氣壯也不願笑得心虛
你準備好失去肉身的自由
去修煉自由的意志
天地若皆為籠牢
你在比劏房稍微小一點的牢房
成功活出了自己的天地
這不是求仁得仁

你求仁
而得以讓殘酷彰顯
你成功了

94. 世界老了

反反覆覆幾生幾世
一棵棵樹一朵朵花
年輕過又衰老了
輪迴在只會越來越老的世界
地表長出來的菜苗依然青嫩
養出來的雛牛依然幼小
只是生長得越來越倉促
快高長大的建築
在只會越來越老的世界
立起來更壯碩常青
只有人
一代一代的人

在很熱很熱很冷很冷的氣候中
跟隨世界的節奏
越來越快蒼老
越來越老的世界
都是衰老的靈魂
困在小孩的軀殼內

95.▫ 魚的皺紋

你皮膚從不需要補充水分
你光滑一輩子
所以看不出年紀
天若是有情天亦老
你不是天
你沒有情緒也從沒淚水
也沒淚水與水之分
你就是不老的傳說
難怪會有美人
以魚之身出沒人類遐想中
你唯一顯老的機會
只為人類不小心

把你蒸煮烤燒
老了一臉詭異的皺紋

96. ▫ 我空虛我寂寞　我不凍

從來都活在黑白片年代
不會因為屏幕色彩偏紅而目眩
一直對什麼都無所謂
不會忽然對有與沒有有所謂

喊一無所有的人
起碼有所要求
過去有所牽繫
只要還有記憶
心有不甘的還不至於絕望
那叫做前行無路的嚮往

是的
是喪失五感無意識活著
虛空中的虛空
空虛是有意義而無所得
所以
因為眼淚澆不熄心裡尚存那團悶火
是的　別怕凍
所以哭腔高歌我空虛我寂寞

如何有資格控訴五花大綁著自己的那條繩索
從來擁抱虛無主義
又怎麼會難耐活在沙漠只有沙和沙
本來心中一片荒蕪

誰聽過喪屍喪志地鬼叫著
空虛

97. 一個人的辭典：任性／獸性

【任性】

一．任我行使性格所限的權力。

二．明知有害，就是愛。因為有害，所以愛。

三．像一隻老鼠，在貓爪下漫舞獲得快感。
像一隻蝴蝶，不為花蜜，純粹因美麗而困守一枝花。

四．與反叛的分別，在於不求有功，但求有過，否則不過癮。

五．如果吸煙無害，反而比較容易戒掉。

六．沒被這樣的人冒犯，會覺得有點可愛。
如果是受害者，就得看顏值，看值不值。

七．年輕時顯得有人格魅力，
年紀大了不是蠢笨就是裝瘋，只落得噁心的罪名。

八．都是小情小愛小事的小品——在未闖大禍之前。

九. 隨隨便便地、輕輕鬆鬆地、閒閒地，買一堆用不著的東西。或者辛辛苦苦地、戰戰兢兢地，追求所想而不是所需的一切。

十. 沒人在旁當觀眾的時候，比較少出現的行為。

【獸性】

一. 動聽的說法叫人性本能。尤其在對方也享受的時候。

二. 心理學講法是沒被自我協調過超我約束過的本我。

三. 人表現出像豺狼虎豹甚至猩猩蝙蝠，就是壓不住獸性。

四. 同為哺乳類動物，自衛的刺蝟跳躍的羚羊不算；像貓那樣撓痛了人，那叫不痛則不痛快。貓可愛了就非人非獸，野貓？當然是回歸四足總綱食肉目獸類。

五. 的確，每個人心裡都住著一頭獸。人，本來是哺乳綱靈長目動物之一，偶爾猿猴襲人兇人殺人，既是人獸大戰，也是人對人獸對獸在自相殘殺。

六·別那麼嚴肅，吃到飽後才立地成佛，頓悟人生無常，解憂靠食量，繼續鯨吞虎嚥時，才是最鮮活的獸性大發。

98. 戚戚然。怒沖沖。恨綿綿。淡淡然。

【戚戚然】

一個仰望過的人，言行不合乎自己期望。
以前頭抬很高，現在垂頭還不知道要不要喪氣。
第一時間反應不過來，差點飯也吃不下來。
一口氣憋在心裡面，洩不出來。
未能鑑定受傷的方向、判斷憂傷的立場。
我是這人的誰，何以無法面對無形的淚。

【怒沖沖】

相愛相殺。
戚戚然只能維持兩三秒。
這幾秒鐘含有多少年月感情，癡情就有多少次攪拌，如熔岩。

能成為粉的，本來就像睡火山，不要醒來比較安全。
既然受傷，就兩敗俱傷，哪怕只是七傷拳。
這人不要臉，怎麼丟掉臉的是自己。
最初，怒其不爭的是氣。然後，憤慨自己眼睛是瞎的。
最後，以前鼓掌的那雙手，如今用來拍桌、拍打自己。
由我家的誰變成他家的媽媽的，
是一個人再一次蛻皮的過程。
仰望之必要、激情之必要、憤怒之必要；
氣憤的是成熟要經過無數次憤怒。

【恨綿綿】

恨啊，恨不得從此眼睛看不見這人，腦袋裝不下這人。
飯還是要吃的、覺也是要睡的。
不過是一口飯，

有人吃撐了還要舔廚房裡冰櫃裡的、
有人以為過去一日三餐的人都會餓死。
都是人性的罪、時代之過、社會的錯，而居然
我也有錯。
風波惡，世情薄，錯錯錯；人成各，今非昨，莫莫莫。
都沉吟到古人去了，罷了。

【淡淡然】

這誰、那誰，那不值得的口水鼻涕淚。
眼可以瞎，智不能障，腦不能殘。
冷靜、理性、科學、務實。
實實在在，
即便不是藝術，人總要娛樂
道德歸道德，娛樂歸娛樂。

人歸人，作品歸作品。
不是這誰，也有那誰，
不是好古，只是考古。
不是念舊，只是懷舊。
那，就悻悻然，再淡淡然
自自然然重溫舊好又何妨

99. 當日出落在頭上

當你覺得周遭都是敵人
最大敵人就是你自己
當自己人只有自己
知己也不能知彼

當每個人都無助
為什麼就不可以互助
當迷惘現身成為絕望
就會望見另一種希望

所以
所以當坐到累時就站起來

當睡到疲憊時就醒過來
所以
當日子輾過你
而你在過日子
活著的是你
死去的是日子
當日出落在頭上
就以微笑目送
昨日的屍體吧

100.▫ 我很快樂　我是幸福的

我很快樂
因為照相時沒徇眾要求勉強笑一個
我很快樂
因為今天無所事事
我很快樂
因為日程表排得滿滿
我很快樂
因為今天有人約我看電影
我很快樂
因為我約了人去看電影

我很快樂
因為電影票賣光了
可以重新選擇怎麼享用多出來的兩小時
我很快樂
因為沒人約於是看了一本爛書反而睡了個好覺
我很快樂
因為發現我還會不快樂
我很快樂
因為我承認此刻很脆弱而且哭了
我很快樂
因為學會了跟難過相處
我很快樂
因為做了一件讓我不好過
如果沒做我會更難過的事

我很快樂
因為講了一些惹人討厭
如果沒講卻會看不起自己的話
我很快樂
因為沒人理我我有了理會自己的機遇
我很快樂
因為好多人記得我生日不斷收到祝福
我很快樂
因為只有一個人記得且為我慶生
我是幸福的
因為提不起勁玩你快樂嗎的心理測驗
而我是幸福的
因為沒把幸福之道掛嘴邊放心上

因為還沒到目的地尚有夢想可以想
我是幸福的
因為很清楚想走的路
我是幸福的
因為迷失中帶著刺激的期待
我是幸福的
因為沒掩飾過煩惱
我是幸福的
因為快活時忘形醒覺時回味
我是幸福的
因為很久沒人問候我哎唷你最近怎麼搞的
我是幸福的
因為搬家後落下了一件東西才想起它存在過
我是幸福的

我是幸福的
因為沒什麼追求歡迎任何事情光臨
我是幸福的
因為發現了一件可有可無的心頭好
我是幸福的
因為難受的時間頭抬得很高腰伸得很直
我是幸福的
因為沒計較過幸不幸福
只關心做得對不對
我是幸福的
因為沒否定過不幸

可別忙著誇我祝我要我幸福快樂
我才不要讓幸福快樂成為卸不下的包袱

共勉

謝謝

請容許我有時並不那麼幸福快樂

請容許我有時並不那麼幸福快樂

謝謝

共勉

enlighten & fish 亮光

書　　名：魚本來就是要游泳
作　　者：林夕

出 版 社：亮光文化有限公司
Enlighten & Fish Ltd
社　　長：林慶儀
編　　輯：亮光文化編輯部
設　　計：亮光文化設計部
地　　址：新界火炭坳背灣街 61-63 號
盈力工業中心 5 樓 10 室
電　　話：（852）3621 0077
傳　　真：（852）3621 0277
電　　郵：info@enlightenfish.com.hk
網　　店：www.signer.com.hk
面　　書：www.facebook.com/enlightenfish

二零二四年七月初版

I S B N　978-988-8884-17-9
定　　價：港幣 138 元
新台幣 450 元

法律顧問：鄭德燕律師